KB039725

환한 저녁

유기택 시집

환한 저녁

달아실시선
65

달아실

환했다.
너무 환했다.
세상의 저녁은, 다 알겠다는 말보다 조금 더 환했다.
딱, 살고 싶은 만큼 어두웠다.

손이 조금 떨렸다.
용서하시라.
환했다.

2023년
유기택

차례

환한 저녁

2부

4부

1부

치명致命

하늘빛 별나게 새파랗고 한가로운 가을 낮
죽기 아름다운 날이라 강둑길을 걷다

파랑 어디에 비소가 들었다던데

키 작은 종, 해바라기밭 가운데 서서
독 먹고 죽자고 고개 젖혀 하늘을 들이켰다

"하날빛이 겁나 포롷소, 잉?"

'엄마, 내가 보여요?'

혼잣말처럼 쓰렁쓰렁 뱀이 기어갔다

  〉~
터무니없이 입이 큰
(그니깐, 일테면 야가 웃기는 꽃뱀이여)

햇살 차르르 깔린 강둑길을 뱀이 지나갔다

가을이구나… 하는데
자전거 바큇살이 햇살을 튀기며 지나갔다

햇살이 튀어 바짓가랑이에 가을이 물들었다
물었다

"워매, 워매! 이 냥반 은젠간 죽어불거쏘!"

곧, 독이 퍼질 것이다

청둥오리들

북쪽에서 지내던 새들이 바람에 불려 왔다

벌판을 건너며
새들은 종종, 농무濃霧 속에서 실종되었다

총살당했다

죽은 새들의 놋숟가락이 출토되곤 하는 그
안개 속에선 울음소리로 서로를 견인했다

초이*나 타성바지들의 아리랑
종옷쪼배기 같은 잡담
옹송그리는 붉은 발들의 집단 역이주
카레이스키들의 귀향

새 떼에서 노 젓는 소리가 났다

강에다 씨 얼음을 뿌리고 돌아가며
고래고래 노래를 불렀다

언 발로 물이랑을 켜고
내륙에서 물고 온 이야기들을 강에 묻었다

터를 삼았다

그런 강 언덕의 먼발치로
찌르레기 같은 여자가 가끔 들러 울다 갔다

그들은 남고 그녀는 더 멀리 남쪽으로 갔다

그러고부터
강가 마른 풀대궁들에서 겨울이 시작되었다

* 초이: "빅토르 최"를 추모함.

부우祔右*

누군가 잊혔다
누군가 분명 잊혔다

누군가

누군가

누군가

부엉이 우는 밤
부우 부우

* 부우(祔右): 아내와 남편을 합장할 때 아내를 남편의 오른쪽에 묻는 것.

눈 소식

화성에 첫눈이 왔다고
눈 소식이 왔다

명왕성에선 감감무소식

거기선 사철
눈만 내리겠지

막내를 생각했다

가시고기

네 이름의 등가시가 눈을 찔렀다

자꾸만 벌겋게 부어오르는 문자들을 문지르다
멸종 위기라는 종 2급 불통을 앓기 시작했다

간판에 눈물 바람이 분다

〉
경고

아무도 사라지지 말아라, 부탁해
〉

살고 싶은 생각들의 허술한 등지느러미가
그렁그렁 붉은 눈시울이 밟혀
허둥대는 걸음을 서둘러 접어 집으로 돌아왔다

'배고파'
경고를 무시해선 안 될 일이었다

쌀독을 쓸어 씻은 밥쌀을, 불에 잽싸게 얹었다
한 번 더, 다시 그리워 보자는 것

어딘지 허술한 말씀도 그리워 따르면 산다

겨울 안개 속에서

마을이 사라졌다
밤사이, 마을에서 마을이 사라졌다

여기선

안개를 마시면 누구나 안개가 되지
그 안은 알아볼 수 없는 것들로 붐비지

안 보여

거울 뒷벽은
거울 뒷모습만 기억하지, 태연하지

우리에겐 안개만 보여

흐린 겨울을 들어내면
들어낸 자리만 희미하게 남아 있지

마른 얼룩처럼 생소한

정오를 좀 지난 사람들이 돌아오지

그녀의 버킷 리스트가 적힌 메모
쪽지가 돌지

동백이 피었다니 제주에 한 번 다녀와야겠어요
금요일 저녁에 떠나 늦은 일요일에 돌아올 거예요

돌아오고 싶은 것이다
세상을 떠나는 것은 아무것도 없지

기억하지 않지

겨울 안개 속으로 떠난 마을도
지금쯤은 그만 돌아오고 싶은 것이다

통증

눈 그친 날
딱새 한 마리가 판자 울타리 끝에 오래 앉았다 갔다
울기도 했을 것인데 나는 듣지 못했다

그건 케케묵은 대답이었다

마당의 경계에서는 엇비끼는 것들이 많다

발을 끌며 지나간 사람의 발자국이 남았거나
생각을 바꾼 듯 되돌아간 개의 발자국 따위가 남았다

돌아선 개는 보통 오른쪽 샛길로 방향을 틀었다
목줄 없는 흰 들개가 가끔 울타리 너머를 지나다녔다
지나다 종종 마당 쪽을 물끄러미 바라보며 지나갔다

눈을 마주치거나 하는 일 없이 비켜 다녔다
슬픔에 냄새가 있다면, 이건 새로운 질문 방식이었다

눈 내린 다음 날엔 아픈 것들이 나다닌다

늘 같은 방향에서 오는 개의 왼쪽으로는 길이 없다
오른쪽 길을 따라 오른쪽으로만 돌다 제자리에 왔다

여러 유사증을 함께 앓는 개의 털빛은 통증에 가깝다
희다
흰 것들의 대면은 언제나 신중하고 조용하고 냉정하다

그것은 냉소적 자기 질문에 대한 면역이다

서 있다
벗어날 수 없는 모든 게 통증이란 걸 알아차렸을 것
서서 풀려나가고 있다

본래 하나의 말이었을 것이나
그러곤 서로, 알아들을 수 없는 말로 뿔뿔이 흩어졌다

고양이

해가 일찍 떨어지는 겨울 저녁, 밖에서 사람들은 여기를 잘 모른다.

이 "서부시장" 지하 주차장 안쪽에서 흘러나오는 흐린 불빛을 따라가면 식당이 나온다. 식당 문을 열고 들어서면 꿈속에나 걸어 다닐 것 같은 사람들이 무리 지어 앉아 있다. 빨판 달린 것 같은 사람들이 가끔, 한둘씩 조용히 일어나선 가라앉아가는 식당 안 공기를 천천히 저어 환기하고 제자리로 돌아가 다시 앉았다. 그럴 때마다 조용한 수조 속 소용돌이처럼 무슨 생각이 떠오르는 듯했다. 뜨거운 냄비 뚜껑처럼 달싹거리며 무언가 설명하려는 듯, 열띤 모습을 보이기도 했다. 검은 냄비에서 뿜어져 나오는 습한 열기 때문인지, 그 시간에는 그런 열변조차도 이상하리만치 금세 휘발해 공중으로 녹아들었다. 생선이 마침내 모양을 풀었다. 비린내도 생선도 아닌, 아무 골목에서나 튀어나올 법한 상스런 음성만 남았다. 토막을 잃은 목소리들은, 좁은 계단을 따라 밖으로 흘러나간 거리에서 겨울 안개가 되고 말 거란 생각이 들었다. 이쯤에서, 구전의 비밀을 지킨 사람들의 위대한 설화를 위해 사실은 그곳을 떠나려고 했다. 그 무렵, 바깥을 한 번씩 다녀오는 사람 중에 영 돌아오지 않는 사람들이 생겨나기 시작했다. 남은 사람들은 별로 개의치 않는 눈치다. 아니면 정말로 아무것도 눈치 채지 못하고 있거나, 애써 모른 척하는 게 분명해 보였다.

바람에 서걱거리는 마른 수숫단 같은 사람이 일어서는 게 보였다. 허리가 약간 굽은 듯, 허청허청 걷는 그의 뒤를 따라가 보기로 했다. 그는 마지막 계단 끝에서, 힘에 겨운 듯 유리문을 열고서야, 가까스로 지상에 도착했다. 갑자기 드러난 지상에서, 길을 분간하기 어렵게 훅 끼쳐 온 안개 때문에 잠깐 방향 감각을 잃은 것처럼 보였다. 벽 쪽으로 고개를 깊게 숙이고, 벽을 짚고 서 있다.

벽은 언제나 가장 확실한 현실이다. 그럴 때마다, 대부분의 사람은 벽을 따라 걸어가는 길을 택하는 경향이 두드러졌다. 결과는 예상을 피해가지 않았다. 징검돌처럼 공중에 흐리게 떠 있는 다음 가로등 불빛 쪽으로, 차고 미세한 물의 촉감으로 분해된 사람이 안개에 섞이며 걸어가다 완전히 사라졌다.

 사람들은 지상에서 물로 돌아간다. 앞서 사라진, 행적을 알 수 없던 사람들도 모두 안개 속으로 녹아든 것이 분명하였다.

 겨울 안개 속에는 사람들이 섞여 있다.

어떤, 봄날의 노동

텅 빈 집 마당에서
늦은 햇살을 덮고 엎드려 조는
쉬지 않고 쉬는 개

잘

굴뚝새는 굴뚝을 잃고 어디서 지낼까
굴뚝 잃은 새를 여전히 굴뚝새로 불러도 되는 걸까
오래전 죽은 개는 지금도 그대로 개일까
되찾은 들에는 봄만 왔을까
우리들의 운동회는 깃발이 정말 춤을 추었을까
방황하던 청춘은 아름다웠을까
사랑은 별을 잃고 청춘은 밤새워 울었을까
첫눈 오는 날의 약속엔 눈만 내렸을까
숱한 첫사랑들은 모두 어디에서 살고 있을까
매에 뜯겨 정신없이 날던 새는 무사히 돌아갔을까
돌아갈 집이 있기는 했을까
잠을 청하려 저녁 갈대밭으로 숨어들던 오리들은
밤 고양이를 피했을까
제 안에서 날뛰는 공포를 피해
터널 속으로 뛰어든 고라니는 무사히 달아났을까
농협 빚 독촉에 야반도주한 가족은 어떻게 지낼까
싸이나*를 보여주던 폐광 금점꾼은 즐겁게 늙었을까

지금, 어두워져가는 저녁을 모두 잘 지내고 있을까

허구를 벗은 비련의 영화 속 배우는 잘 지내지

위 문장마다 "잘"을 삽입하고 부정적 의문을 지우면
모두 다 평화로워질 수 있을까
평화로울까

우리들의 진짜 기억은 무얼까
무량한 우리들의 아름다운 헛것들이었을까

늙은 아버지의 낯설고 쓸쓸한 거기를 본 적이 있다
아버지는 당나무였다

우습게도
생은 늘, 갑자기 너무 진지하거나 지나치게 가벼웠다

* 싸이나: 청산가리, 채굴한 금을 분리하는 데 사용함.

굴뚝새

다리 밑에는 우리가 모르는 수많은 틈과 구멍들이 있다
구름 새집이 있다

종일 해가 들지 않는 다리 길 아래 동네로
타지방 억센 사투리들을 섞어 지은 집들이 들어섰다
집들이 들어서자 뱀 같은 골목들이 똬리를 틀었다
멋들어진 휘파람 소리를 빼닮은 거라는 생각이 들었다

무릎과 엉덩이가 닳은 멜빵바지
덥수룩한 더벅머리에 땅딸막한 체구
걸으며 하늘을 보는 일이 없는
고개를 숙이고 걷는
어깨가 안으로 약간 굽어 왠지 생각이 많을 것 같은
바지 주머니에 두 손을 푹 찔러 넣고 건들거리며 걷는
새집을 잘 찾아내는
세상 물정을 모두 알아버린 것 같은 표정을 자주 짓는
억울하게도 형 같은 내 친구는

그가 휘파람처럼 굽은 골목 안으로 사라질 때마다

나는 신기하게 사라져 없어지는 세상을 보았던 것 같다

어느 해인가
해방촌 요꼬공장*에서 일하는 걸 잠깐 본 적이 있다던
휘파람을 잘 불던 "내 친구의 집은 어디인가"

굴뚝새는 다리 밑에 산다

샤갈의 "눈 내리는 마을"에 오후 늦게부터 눈이 내렸다

* 요꼬공장: 옷 짜는 공장.

"동백"이라는 시

"동백은 붉은 글씨로 써야 할 것 같았어요."
시를 사랑한 난봉이 검은 글씨로 "동백"을 써서 보냈다

'그랬으면 붉은 글씨로 쓰지'
(동백은 대체 어느 세월에나 붉나)
단박에, 제 눈 어두운 줄 모르고 나는 왜 이러나

이런, 청맹과니 같으니

색깔이 시나
글씨가 시나
동백이 시나
시가 어디 있다고 애꿎은 아우를 다그치나

붉은색도 검은 글씨도 동백 꽃말도 애타기는 매한가지
좀 붙들었다 싶으면 사라지고 없는 게, 시가 아니던가

응?

가로누운 '一', 제영 시인이 변죽 울리던 "동전의 옆면"

사관史觀의 토스에서의 묵살默殺
짖지 않는 검은 개들이 사방에서 춤을 추며 침묵하던
살육의 바다
동백의 제사가 파시처럼 열렸다 닫히는 섬을
발굴되고도 푸른 하늘을 멀뚱히 바라볼 줄밖에 모르는
출토된 산정 눈구멍에서
해골서 쏟아져 오름을 타고 흩어지는 붉은 바람소리를

"그땐, 다 그랬어"

그 섬 어딘가에 "동백다방"이 있다고 그랬는데

도륙이란 말은 오래되면
통증이란 통증은 죄다 날아가 버리고, 검은 의미만 남지

편해

33

타이가 검은 숲에 뜬 달

전에 없이 자꾸 눕고 싶다.
앓았다.

남들도 한 번씩은 앓고 간다기에 따라 해 볼 양으로 앓
았다. 방바닥에 요와 이불이 내리깔리고 요지부동인 며칠
내내, 요는 장판에다 제 문양을 베껴 보려고 낑낑대는 눈
치지만, 아직은 제 뜻을 이루지 못한 것 같다. 요 밑으로
손을 한 번씩 넣어 보는 아내의 눈치가 그랬다. 사실 며칠
이 지났는지 따위는 중요하지 않다. 숫제 몰랐다. 눈을 뜨
면 낮이 한참씩 지나 있었지만, 밤이면 어김없이 창窓 끝
에서 창窓 끝으로 달이 떴다 졌다.

굶었다.

먹을 수 없어서 따뜻한 물만 마시며 자작나무처럼 굶었
다. 가벼워지고 있어, 조금 더 지나면 날아오를 수 있겠다.

루돌프는 순록이다.

기다린 듯, 늙은 순록의 맑고 시린 눈동자처럼 고독해
졌다. 언뜻언뜻 무성하고 검은 숲이 나타나 어른어른 지
나갔다.

타이가의 검은 숲에 달이 떴다.

장판을 걷고 계단을 열어 내려가면 영구 동토대가 나온
다. 바닥 냉기는 그곳에서부터 시작해 올라오는 게 분명
했다. 그건 아내도 어쩔 수 없는 일이다.
반전을 남겨 두었을 것 같은 엔딩 크레딧이 날아올랐다.
(오래잖아, 이제껏 우리가 모르던 별에 가 닿을 겁니다.
전화도 받을 수 없을 겁니다. 그래서 지킬 수 없을지도 모
를 약속은 하지 않기로 합니다.)

정월 대보름이 나흘 남았다.

봄이 오느라 그러는지 나른한 졸음이 한꺼번에 몰려들
었다. 흐린 달에 손을 흔들어 보였다.
불에 던진 뼈를 태워 길을 묻고 검은 숲이 길을 열면, 순
록 떼는 만월 전까지 달에 무사히 도착해 있을 것이었다.

놀람 교향곡, 봄눈

느린 눈이 와요

사면팔방에 널브러진
바람의 어깨너머나 기웃거리다
한눈을 팔다
창유리에 부딪고는 화들짝 놀라
열쩍게 웃는

샘밭에 눈이 내려요

열없어요

어머나, 웬 포르티시모
흰 이리떼가 달겨드네요

지금은 놀람
눈부신 팀파니의 시간

집라인을 타고 오기도 하고

번지점프를 하기도 하고

공중으로 잠깐 몰아치던

몇은 깔깔거리며 섰고 몇은
오던 길을 되잡아 가기도 해요

당신을 생각했지요

당신에게 쓰고 있던 편지는
이제, 마무리해야겠어요

샘밭엔 지금 느린 눈이 와요

어느 절집, 버들붕어 이야기

붕어가 종부랄이야

바람이 물결을 일으키자 놀란 붕어가 기겁을 해 달아나
겠지
근데, 야가 부처님 손아귀에 딱 걸린 거야

부처님 손에 덜미 잡힌 종소리가 공중서 버둥대고 있더
라구
어디로 뛰어야 사는지, 몰라서 그랬겠지

형은, 괜찮은 거야?

물결 모양 푸른 향연이 재를 재우고 수직으로 날아올랐어

크게 휘어든 길로 바깥을 닫은 일주문만 지나면
그저, 아무 데로나 내뛴다고 길이 되는 건 아닌 모양인지

그렇겠지 싶었는데

산문을 지나는 각시붕어를 홀린 듯 바라보고 섰더라구
속 빈 것들이 서걱거리는, 저녁 공양을 마친 노을 녘이
었는데

2부

기억의 풍경

사진도 없는

아주 오래전 기억에서 사물거리는
황토벽에, 노란 얼굴로 기대선 아이들

힘없이 웃는 노란 봄
창백한 얼굴은 속까지 다 들여다보여
드러난 몇은 보나 마나 달리기 꼴등
삼등이면 대견해서 동네가 덩실거리는
봄이면 죽어라 달리는 꼴등 아이들

분해서 풀뿌리를 캐 먹고
분해서 풀죽을 벌컥벌컥 마시고
누에처럼 푸른 물똥을 싸고

몇은 봄을 넘기지 못하고 일등을 했다

노란 얼굴로 떠난 것들이
들판에 운기만 돌면 노랗게 돌아온다

봄보다 먼저, 노란 꽃들이 서둘러 왔다

사진도 없는, 민들레 마을

신문지가 문젤세

신문지로 덮었던 종이 상자에
겨울 난 감자알들이 미친 듯이 싹을 내기 시작했다

눈들의 생각이 요지부동이어서 할 말이 없다

봄 가뭄의 기억을 기억이나 하는지

'신문지가 문젤세'
까막눈이 감자알들이 겨우내 문자를 깨친 것

"오오, 여보세요"
대통령 선거일을 사흘 앞둔 가두방송에 신물이 났다

제 말만 선정 삼매라고 우격다짐을 하는
굵거나 잘거나 고르지 못한 불량 감자알들의 객설

아무려나, 말도 공짜고 봄도 공짜라니

봄날도 모두 다 지나고 보라지, '누가 그래, 공짜라구'

웃기는 짬뽕 사발들

늙어도 바뀌지 않는 것

달그락달그락
예나 지금이나 여전히, 아내와 토닥거린다

그러나 늙어서 바뀐 것

달그락달그락
숨 한 번만 쉬면 그새 까먹고 웃고 떠든다

보드득보드득
설거지 뒤, 바로 물기 걷히는 짬뽕 사발들

뒤끝 없고 히히대는 저

수청골 한담閑談

산마루에
별 하나 낑낑 올리고 밤이 되는 동네

내 친구 관호는 자는지
소깡불* 같은 사람들은 조는지

떡갈뫼기 사람들은
어둠이 놀랠깨 비 살무시 문 닫고 감감한지

'즈런, 마핸느무 고라니 거트니'
외마디 울음은 비탈을 돌아 어둠을 건너뛰는지

산이 크게 웃는지
산바람이 크낙새처럼 몸을 한 번 흔들고 갔다

바람의 산채에 산다는 두령이 다녀가는지
산그늘 같은 사내들은, 여태도 그런지

물어보나 마나

비석 하나 지고 와 살다 보면, 절로 알 일

* 소깡불: 소나무 관솔에 붙인 불.

슬픔의 독법

사는 일의 반절은 기쁨
그 남은 일의 또 절반은 슬픔

슬픔의 독법은 등을 읽는 것
가끔은 등을 읽자

기쁨으로 가려진
우리를 위해서라고 해도 좋다

얼른 감춘 것들의 대개는
등 뒤 엉성히 모여 지내는 편

누구를 안아주는 것도
등에 숨긴 걸 어루만지는 일

가슴으로 안아준다는 말은
반만 맞아

보면 종종 안겨 오는 너도

너의 슬픔을 기대 보는 것

구부린 등을 쓸어주다 보면
기우는 슬픔의 무게를 안다

등은 그 모든 걸 다, 어떻게
기억하는지

포착捕捉

첫 나비를 보았다

방금
환시처럼 창밖을 다녀간 북방쇳빛부전나비

잠깐 멍했던 놀람의 사이 사라져버린

녹슨 쇳빛 하나 지나간 사이
방금

까치가
어디서 꽃잎 한 장을 물어 와 허공에 부리던
놓아 보내던

방금이라는
비가역적 미실迷失의 찰나
생 하나를 배수구 속으로 흘려버리고

미시리*, 그 잘 웃는 자릿수 0

치사량의 겨울 틈에 제 몸뚱이 하나 고인
보툴리눔 톡신 0.00001mg 절명에서의 환생

돌아온 봄을 보았다

* '바보'를 이르는 강원도 방언.

눈 감으러 가는 길

미간을 모으고 눈을 가늘게 뜨고 침침한 세상을 바라
볼 때가 많아
눈을 감고 있는 쪽이 훨씬 더 편해져 종종 그래 보기도
하고 그래

세상은 참 침침해, 그렇지?

어떤 L의 봄에 대한 생각

어쩐 일인지, 몸통이 밑동까지 찢어진 벚나무
갈라선 반 그루 나무가 수평으로 드러누워버렸다

아물리지 못한 벌건 속살을 드러낸 그로부터
뿌리의 지분에 대한 견해차로 다툼이 일었다

누구는 누운 가지를 베어 내야 했다고 하고
누구는 꽃의 권리 장전에 대해 열띤 강변을 하고

그런 뿌리는 봄에 관한 일관된 생각을 드러냈다
해롱해롱, 양쪽에서 벚꽃이 마구 피어나는 동안

봄은 무죄였다

한 봄날, 거의 동시에 공중을 다투어 꽃을 피웠다

메시지

네게:

꽃이 피었다
피어나기 시작이다

〉

날 저물도록 난
꽃나무 아래서 기다렸다

직박구리 날며 훑는
꽃잎이 자꾸 지는 동안

읽지 않는 메시지

꽃잎 떠내려가는
공중을 바라보기만 했다

꽃 마중 가잘

하루가 지나갔다

현해탄을 건너면
하루가 봄이라지, 그게

밤으로 진다

떨어진 꽃잎은 하루
비바람이 쓸어갈 거였다

사이렌

한적한 중국 음식점, 밝은 이 층 창가 테이블에 앉아 있
었다
느리게 가까워지다 멀어지는 사이렌 소리를 들었다

큰길 쪽으로 조금씩 기울던 건물 그림자들이 잠깐 멈춰
섰다
다시 천천히 길을 건넜다

그때 건물 그림자들 사이 골목 안에선
오후 두 시, 야트막한 공중으로 벚꽃들이 뛰어내리고
있었다
키 높이의 바람 골을 따라서였다

"떨어지는 낙하산에서 생각을 합니다"
나른해하던 모세혈관들이 잠깐 펄떡거리다 잠잠해졌다

구전으로 부르던, 비인가 된 군가를 반복으로 떠올리며
어딘가 고장 났을 거라는 생각이 들었다

서둘러, 집으로 돌아가는 길을 잡았다
짐짓, 실눈을 뜨고 바라보는 길이 하염없이 길고 멀었다

바람을 지고 집으로 가는 내내 환한 것들이 천천히 기
울었다
해마다 돌아오는 생일 하루 전이었다

공지천 뚝방길에 흐드러지게 핀 벚꽃이 꽃길을 놓던
지며 달려드는 꽃잎에서 달아나고 있던 이상한 봄날이
었다

사이렌 소리도 느리게 지나가는 좀 눕고 싶은 봄날 오
후였다

봄날

새가 운다

어느 울음이 네 울음이냐

울음 놓치고
공중제비 노는 봄

하롱하롱 내리는 저

강둑길에 벚꽃 지는데
까무룩 한창인데

찾은 것인 양
꽃잎 한 장 물고 와

새가 운다

가는 이 봄날
난 대체 뭘 놓고 지내는지

낙화는 설고

세월이 가면

"세월"로 불리던 그 사월의 배 안이었을 텐데
그 이름이 하도 유장하여

나는 꽃나무 쪽으로 창문을 세우고
마당으로 분분히 지는 벚꽃을 바라보고 섰댔는데
해사한 날빛에 차분한 꽃그늘이 눈에 시렸는데

화등잔 같은 눈동자 하나 창유리에 얼비치는데

새가 멈추었다
공중에 팔짱을 끼고 서 있다

전쟁 영화 포스터 속
길고 검은 연기를 꼬리에 달고 수직으로 멈춘

내리꽂히던 "제로센*"처럼 잠깐 서 있댔는데

창유리 하나 사이에 두고 점점 더 멀어지고 있던

"사랑은 가고 옛날은 남는 것"
"지금 그 사람 이름은 잊었지만"
"그 눈동자 입술은 내 가슴에 있네"

꽃잎 지는데, 꽃 진 자리 서운할까 새잎 돋으며

세상은 그저 풀리지 않는 의문 하나로 똘똘 뭉쳐
창유리 하나 사이 바깥에서 잘도 흘러가고 있었다

* zero-sen, 零戰. 태평양전쟁 당시 일본 해군의 함상전투기.

달과 목련과 고양이

목련이 간다
나무 아래
큰 꽃잎 흩어 놓고 성큼성큼 갔다

가다가 섰다
나무 아래
흩고 온 걸음이 눈에 밟혔는지

누군가 있다
나무 아래
조용히 자리를 뜨는 고양이 하나

모두 떠나고
흐린 달밤
새잎 나려고 그러는지 고요한지

아홉 목숨
속 달친 나무가 달을 마시는지

구름을 벗은 달이 오래 서 있다가
새벽길을 갔다

달 지는 밤 호각 신호
폐목재 더미에서 고양이가 울었다
한 번은 짧게 한 번은 길게

새잎이 나려고 저러는 건지

벽화

꽃 피는 생각이 조급했을 리 없다
봄이 간다고 꽃이 끝났을 리 없다

사랑이 떠났다고 아니 올 리 없다

이제 사철 아무것도 없을 리 없다

꽃도
철 따라 피다, 피다
다 지고 없으면
마지막으로 눈꽃이 피었다

어떻게든 벽이 피지 않을 리 없다

그럴 리 없다

사자자리 여자, 양자리 남자

수수꽃다리 한 그루가
여러 해 전부터 벽 쪽으로 기울어 자라더니
벽에 가 닿았다

슬쩍 기댔다

바람 살랑거리는 종일
서로 어깨 비비며 속닥거렸다

꽃향기가 종일 공중을 둥둥 돌아다녔다

북소리였나

3부

오른손의 오래된 풍경

손톱 절반이 낫질에 날아갔다

왼손 집게손가락의 손톱 잘려 나간 자리가 시렸다

오른손잡이가 하얗게 질렸다

어린 왼 손가락을 따듯한 공중에다 물렸다

덩굴장미 붉은 꽃송이들이 송골송골 배 나와 모여서 피는
한꺼번에 피어나는 순간을 보았다

손가락 끝에서 장미가 피었다
풍성한 꽃잎이 하염없이 흘러넘쳤다

그것으로 그해 국민학교 주변 환경 미화 작업은 끝이
났다

미화 같은, 터무니없는 왼쪽의 단죄

장학사의 학교 방문을 앞두고 그 손톱에 비밀이 생겼다

덩굴장미의 기록에 옛일이 수록되었다

곧 보면, 지금도 마지막. 지금은
오래된 풍경 속으로 떠나는 늙은 낙타를 갈아타야 할
시간
(늙어갈수록 지혜로워진다는 게 쉬운 일은 아니지)

늙은 낙타의 느린 걸음은 아직 더 먼 길을 가야 하기 때문
오래 걷는 법을 안다는 건 화해하는 법을 아는 것

뒷날 우리는 또, 누구도 모르는 시간의 다른 쪽에서
낙타로 늦어지고 있던 시간을 메워가며 꿰매고 있을 거
였다

마당 편지

나는 동네서 제일 작은 땅문서를 가진 지주예요
풀꽃 농사를 짓는 마당이 전부지요

제비꽃은 일찌가니 왔다가 진즉에 끝이 났고
올봄은 꽃다지가 풍년이었어요
지금은 그 수확도 거의 끝나가고 있어요
꽃 늦은 민들레나 쪽새 몇은 그대로 남겨두었지요
거두고 빈자리에 더부살이 들어설 꽃을 기다려요

남쪽 판자 울타리 가 구상나무 그늘은
몇 해 전 자리 잡은 이끼가 독점을 하다시피 했고요
행투가 보통은 넘어요
억세빠진 씀바귀 따위가 좀 덤벼드는 기색이지만
여의치는 않아 보여요
요즘은
보일락 말락 작고 노르스름한 이끼꽃이 피고 있어요
잔디가 망했지요
참
동쪽 장독대 옆으로는 흰민들레 한 뿌리가 무혈입성

늦은 오후만 되면 심심해 죽을라 그래요
그 옆에 파꽃은 봉오리가 섰어요
좀 있으면 부추꽃도 피겠지요
수수꽃다리와 목련꽃은 다 지고
정원이랄 것도 없는 마당 가운데 단풍나무는
모른 결에 꽃을 피웠다가 어느새 거의 지고 없네요
사람들이 잘 모르는 느티나무꽃이 곧 필 거예요
수돗가에는 붉은 달리아를 한 뿌리 얻어 와 심었고
북쪽 울 가엔 울타리 콩이랑 호랑이 콩을 심었어요
콩꽃이 예쁠 거예요
어쩌다 메꽃이나 나팔꽃도 어울려 필지 모르겠네요
뒤란 울 가에는 금낭화가 한창이에요
대문 가 빨강 우체통 옆 마당이 가장 크게 비었어요

오늘은 낮에 짬을 보아 종묘상엘 좀 다녀와야겠어요
아무 꽃씨나 몇 봉 사 와 마구 섞어 흩뿌려 보려고요

제 마당은 코무네 풀꽃들의 놀이동산이 될 거예요
올해, 잔디를 깎을 일은 한두 번밖엔 없을 것 같아요

추신: 어제 보니 구상나무 아래 돌나물이 났더군요.
　　산울타리 쥐똥나무꽃 향에 벌들이 취해 돌아칠 때쯤
　　작은 노랑 별꽃을 볼 수 있겠네요.
　　계단 밑에, 괭이밥이랑 털별꽃아재비도 피겠지요.
　　그리고
　　이름도 모르는 작은 풀꽃들이 몇은 더 다녀갈 거예요.

　　한 번 다녀가시면.

목숨

조용한 것

끝까지 지켜보아야 할 것

막막한 것

형체도 없이 우리를 다녀가는
다시없이 그리울 것

쉿, 말하지 말 것

조용할 것

지금

당장

마이미스트

문 없는 방에 마른 사내가 갇혔다

조그만 아이가 되들이 소주병 속을 말끄러미 들여다보
고 섰다

병을 흔들었다

벽을 타고 기어오르다 곤두박질하는 메뚜기 혹은 그 사내
여기서 우리는 사내의 규칙을 따라야 한다

"지나갑니다."

꿈꾸듯이
날지 못하는 비현실의 공중을 기어가다 마주친 펜로즈
삼각형

누가 저런 짓을 했을까

사다리 없는 슬픔과 슬픔 사이를

아이가 병을 거꾸로 흔들어 정물이 되어가는 풍경을 쏟
았다

자로 후려갈기자, 띄운 메뚜기가 공중을 까마득히 날아
갔다

아이가 소리쳤다
"오십 자!"

그건 아잇적 건너편의 가로수까지 거리였다

플라타너스 그쪽에
해바라기 입을 가진 사내가 소리 없이 조용히 웃고 서
있었다

마리오네트 K

나는 공중그네를 타는 슈퍼 마리오
친구여, 이제부터 나를 거미 사내로 불러 다오

자고 일어나 보니 바닥이 사라졌다
관절마다 줄 하나씩을 공중에다 걸고
가늠이 안 되는 거대한 뿌리에서 자라난 공중에 매달려
있다
축 늘어져 있다
'큰일 났다, 여덟 시까지는 사무실에 도착해 있어야 하
는데'
생각이 거기 이르자 줄이 저절로 움직이기 시작했다
생각이 빨라질수록 줄이 따라서 빠르게 당겨지거나 풀
렸다
생각하는 대로 움직여진다
문을 나서려는 참에 처마 끝에서 검은 거미가 껄껄껄
웃었다
"어이, 친구! 안녕?"
"안녕." 무심코 대답하다가 질겁해 헛발을 디딜 뻔했는데
발아래로 까마득히 계단이 보인다

그러니까 바닥이 아주 사라진 건 아니었다

'그러면 그렇지, 바닥이 우리를 배반하는 법은 없지'

걸음은 공중을 둥둥 떠서, 서두는 기색도 없이, 가긴 가는데

뭔가 잘못되었다, 방향이 틀렸다, 발버둥 쳐 보아도 소용없다

공원 쪽으로 가고 있다

아무리 크게 고함을 쳐도 입안에서만 맴돌다 잦아들고 말았다

대체 밤사이 무슨 일이 있었던 걸까

몇 가지 떠오르는 짐작을 대충, 좀 정리해 봐야 할 것 같았다

직무 수행 능력 평가: D

직무 능력 평가에 따른 견해: 성실하나 직무 수행 능력이 현저히 떨어짐

비타민 D가 현저히 부족했다

그랬다, 권고사직과 어울려 서로 위로한답시고 꽃을 먹

었다

　모자랐던 것, 그래서 들판으로 가 꽃을 조금 더 먹어야
할 것
　오늘, 햇살 잔뜩 머금은 들꽃 몇 송이만 더 먹으면 될
것 같은
　'어따 대구'

　바닥이 우리를 배반하는 일 따윈 절대로 없지, 안 그런
가. 응?

　둥둥 떠 있다

나무 사원의 일요일

오월
푸른 나무 예배당의 주일

하늘 섬기는 자들의 기도가
바람으로 종일

해거름으로 갈수록
통성 기도 소리가 높았다

나무 아래 누워
하루가 갔다

나무의 한생을 보았다

해종일 바람 부는 속이었다

슬픔의 본색

갑자기 세상을 다 알아버린 듯한 포즈로 똥을 싸는
저것들

저는 쌌으니
남의 똥물 제 옷에 튈까 변소에 불 지르고 싶은 저

구업口業

뭐

한 무리의
환상에 사로잡힌 개떼가 눈썰매를 끌고 떠났다

달리기 시작한 개들은 쉽게 멈추지 못할 것이다
한껏 고양된 개들은 미친개와 다를 바 없다, 곧
달리는 썰매는 힘 기우는 쪽으로 전복될 것이다
비난은 힘 약한 개들이 몽땅 뒤집어쓸 것이지만
우습게도 힘센 개들이 썰매를 엎을 것이다

개들은 목 부러진 자와 발 묶인 눈벌판에서
천천히 굶주리며 얼어 죽어갈 것이다

시대는 망하는 거다
망하지 않는 시대라는 건 없었다, 괜찮다 그대여

소풍

김밥, 여섯 줄을 말았다

더운밥을 지어
들기름하고 소금에 비벼
무장아찌 속만 넣었다

우리집
비빔국수를 기억하는 청람 아우는
무슨 맛인지 알 거다

소풍은
바람 섞어 먹는 맛
사람과 먹는 맛

두 줄은 아내와
엊저녁 마당 소풍에서 먹고
네 줄 남았다

아내와

오늘 하루 소풍은
일도 아니다

어디 가까운 데라도 다녀와야겠다

찌르레기

노란발 새가 돌아왔다
맨발 잰걸음으로 밭고랑이며 풀밭 사이를 헤집고 다녔다
농장, 이주 노동자 사이에서 더러 눈에 띄는 떠돌이새다

어느 해부턴지 뻐꾸기가 울고
달방 살던 찌르레기 사내가 돌아오면 여름이 시작되었다

늦은 밤 열린 방문 틈으로 새 나오는 흐린 불빛이나
해초처럼 미끈거리는 칸초네 풍의 젖은 노랫가락, 혹은
흐느끼듯 중얼거리는 혼잣말로, 도착한 여름을 알렸다

올해는
사내도 없이 찌르레기만 돌아왔다

정착이라는 인습과 어울리지 못하는 사내가 있다
공중을 놓친 새처럼 어딘가를 혼자서 끝없이 떠돌았다

외항선 선원이었다고 했다
섬나라로 끌려간 할아버지의 3세라고 했다

떠돌이 습성을 유전으로 물려받은 손가락이라고 했다

떠돌던 끝으로 돌아온 할아버지 땅에서
그 땅의 말조차 어눌한 한 사내가
돌아오던 연어처럼 학살당하는 이주 노동자가 되었다

그 길목에서 까닭 없이 길을 밝히고 섰던
지천으로 피는 풀꽃들이 가장 아름다운 땅이라고 했다
떠돌지 않을 거라고 했다

흐린 하늘을 눈으로 끌어 덮던 지나간 겨울과 봄 사이
개망초 흐드러질 낮은 비탈을 골라 눌러앉기라도 했는지
사내가 울음을 거두었는지

오후 내내
마당가 풀꽃밭에서 발 노란 새들이 찌걱찌걱 울다가 갔다

가릉빈가迦陵頻伽

총알이 뒤쪽으로 발사되는 단발총을 갖고 싶었다
단 한 번, 그 가벼움에 취해 웃고 싶었을 것이다

오월 하늘빛이 별나게 새파란 날
길 가는 애들 웃음소리가 미루나무 키를 훌쩍 넘은
맑간 웃음 말풍선이 싱글거리며
잡을 새도 없이 공중을 흩어 아득히 멀어지고 있던

노랫가락 가벼운
바람이 어디선가 불고

누가 제 천 년에다 불을 놓는지
그로 어린것들의 노래가 끝없이 새로 나고 자라는

노래는 세상의 것

새소리도 새로 나기 좋은 날
꿈결처럼 불사조 울음이 들렸는지, 그런 날이 있다

반짝이는 나뭇잎 같은 아이들 웃음소리가 팔랑거리는

노래였는지

유월

비가 내린다

목마른 땅의 물 먹는 소리가
고단한 돌서렁* 같다

거붓이 마른 원망 빛으로
속 타던 것들아

먼저 죽어간 것들을 호곡하는
유월의 바람 것들아

이 땅의 아무것도 아닌 것들아

살자

꽃들아, 풀꽃들아
차마 눈뜨지 못한 것들아
아무것도 아닌 것들아

푸른 들판을 사랑한 죄들아

아직 꿈꾸는 씨앗들아
까만 눈동자들아

꿀꺽꿀꺽, 물 먹는 것들아
비 온다, 목메어 살자

* 돌서덜의 강원 방언.

금어기禁語期

꽃이 피는 동안

네가 웃는 동안

눈물 한 방울 굴러떨어지는 동안
하늘 환해지는 그동안

빗물 걷히는 동안

아무 일 없이
네가 웃는 동안

이놈의 사랑

다툰 끝에 여자가 떠났다

남자가 여자의 등 뒤에 대고 소리 질렀다

"다신, 뒤도 돌아보지 말고 똑바로 걸어가라!"

여자가 뒤도 돌아보지 않고 말을 받았다

"조금도 걱정하지 마라!"

남자가 조용히 눈을 흘기며 중얼거렸다

"나는 여기서 한 발짝도 움직이지 않을 테다."

지구는 둥그니까

환한 저녁

한 무리 사람들이 기차를 타러 떠났다

도심으로 들어가는
김유정역에서 남춘천역까지 한 역 지나 모두 내릴 것이
었다
그다음 역인 춘천역은 종착역이므로 그냥 남겨 두기로
했다

어두워진 저녁이었다

유정국밥집 유리창에 남겨 두고 떠난 불빛은 아직 그대
로다
덜컥 환했다

나는 남았다

환하다는 말이 왜 희망적이지 않은가에 대하여 골똘해
졌다

기차가 떠났을 시간이었다

한꺼번에 몰려 떠난 사람들과
남았다 뿔뿔이 흩어진 사람들을 떠올리다
몰려 떠난 사람들 중 누군가도 다시 떠날 것을 알았다

사람들이 떠나는 창문마다 불빛이 새는 저녁
  길 따라 즐비하게 늘어선 두멍 같은 빛의 무덤을 따라
가다
  도심 불빛 속으로 스며들고 말, 먼저 떠난 사람들을 생
각했다

빛에서 빛으로 옮겨 다니는 사람들을 생각하다
  비었다는 말과 환하다는 말이 왜 같은 말로 쓰이게 되
었는지
  더는 그런 것을 궁금해하지 않기로 했다

돌아가는 사람들이 마지막으로 환해서 걸어 나가는

종착역에 닿으면 누구나 저절로 알게 될 일이었지만,
다만

환한 곳들이, 조용한 나무처럼 서서 손을 흔드는 저녁
이었다

4부

바로

나비야 비 맞을라
나뭇잎 뒤 숨어라

무거운 것들이 더 자주 쏟아지기 시작했다

저녁 다음에 저녁이 왔다

며칠을
구름장 아래로만 쏘다니던 사내가 돌아왔다

시인의 집 마당
며칠 전부터 개미가 제집 둘레를 따라 둑을 쌓기 시작
했다

친수 구역 조기 완공 사업이라고 했다

〉
경고

당신은, 시 같은 건 읽지도 마라

절대 읽지 말아라

해롭다

시인이 되는 건 어쩔 수 없다

그래야 또 누군가 생을 탕진할 일이 생긴다

시는 쓰는 거지, 읽는 게 아니기 때문이다

어쨌든, 시를 가까이할수록

당신이 멍청하게 죽어갈 기회는 그만큼 줄어든다

〉

위태하다

상습 침수 구역을 알리는 팻말이 섰다

지나가는 비

묵직한 빗방울이 하나
날아가는 나비의 날개 위에 정통으로 떨어졌다

비늘가루가 풀썩 날리고 훅을 맞은 복서처럼 생각에 잠
겼다

휘청한 것도 잠시, 천천히 기울었다
소나기 펀치는 피하고 보자는 수줍은 바닥 쪽으로였다

바닥에 누워 올려다보는 하늘은 까마득히 높아 서러웠다

생각보다 흐리지 않다
일어나지 말아야지

그렇다고, 기억도 나지 않는 엄마 품처럼 서러울 건 무
어람

비가 자주 내리기 시작했다
긴 장마가 시작될 터였다

비 오는 날과 비 오는 날의 사이가 먼, 해가 쨍한 날들
서보다
비 촘촘한 날의 비와 비 사이에서 안절부절못할 때가
많아

우산도 없는 날
시시때때로 지나가는 비에 젖었다

괜찮은 거야

나비가 엉거주춤 날아올랐다

비가 한 차례 더 후드득, 빠르게 지나간 사이였다

용감한 사람들

말은 얼마나 가벼운가

종일 내뱉고도
저녁에, 체중계에 올라서 보면
그대로니

그걸 믿다니
사람들은 정말 용감해

외벽 등

아름다운 저

외벽 등의 내장內粧은

허랑한
전선 두 가닥

해 뜨는 집

우리집은
밖을 떠도는 길들이 다 만나는 거기 동쪽에 있거든
그래서 언제나 동쪽으로 돌아가게 되지
집으로 돌아가는 자전거 길에서도 그래서
페달을 돌리는 건 지구를 돌리는 거랑 마찬가지래
해 뜨는 집이지
서쪽으로 가는 건 떠내려갈 때뿐이야
가령
대문 밖에서 멈춘 걸음이 까닭 없이 궁금해지거나
낮달이 아직 중천에서 지고 있을 때
혹은 편지를 부치러 우체국으로 가야 하거나
(골목마다 있던 우체통은 다 치워졌거든)
남들은 다 쉬는 휴일에 일하러 가야 하는 날 따위
아버지가 돌아가시던 날도 그랬지
그날
아버지가 간 서쪽선 끝내 아무도 돌아오지 않았어
그러나 그 날 뒤로는 어쩐 일인지
엄마는 아버지가 돌아올 거라고 믿는 눈치였어
아버지를 찾으러 떠나기 전까지는 그랬을 거야

난 동쪽으로 와서도 늘 동쪽으로 돌아가곤 했는데
사람들은 그게 아니었나 봐
그러니까, 엄마나 아버지는 동쪽을 잃은 게 분명해

난 동쪽을 잃을까 보아 언제나 노랠 부르곤 하지
"가기도 잘도 간다, 서쪽 나라로"
가기도 잘도 간다…

"The House Of The Rising Sun" 이건 근사하잖아

울음의 기하幾何

얇은 쇳소리가 나는

양철 조각 같은 방울새들이 강둑 제방 길에서 흐리게
운다

강변 갈대숲에선 휘파람새 울음이 '휘이 호르륵' 사라
지고

는개로 바뀐 빗줄기가 들판을 서성거리는 사이

울음 붐비는

꽁식이녠, 밭둑 풀수푸정서 꺼병이들을 치느라 분주하고

꾀꼬리 울음이 지칠 때쯤 해선, 새매 울음소리가 드높
았다

물까치 떼는 대체로 조용히 지내는 편, 말수가 적어지고

직박구리네 볼멘소리가 터져 나오기까지

매일 오전은 지나야 늦은 염탐에 나서는

까마귀 울음이 양계장 지붕 위를 게으르게 질러가는 동안

더구나 많은 울음들이 얼마나 더 하늘을 다녀가는 걸까

어딘지 모르는 곳에 숨어 지내던 외마디 울음

꽁이는 어딜 가고 없는지, 그런 맹한 것들만 성한

맹이들의 울음을 신호로 해서 울음 장마가 시작되었다

비가 내리는 동안은 좀 성겼지만
비가 그치길 기다려 질경이 목숨보다 질겨졌다

낯선 사람들이 찾아들곤 하는 동네 어귀에서
젖은 골목들이 비둘기 울음처럼 몰려다니기 시작하고
부터
무성하게 번지는 숲을 따라 울음 면적이 넓어지고 있다

흘러넘치면서도 어딘지 징징거리며 넓어지고 있었던 것
인데

"엄마, 쟤들이 자꾸만 울어요."

이제 곧 지나면 모두 다 괜찮아질 거였다

그리운 것들은 어디서 죽나

새나 그리운 것들은
풀밭에서도 하늘에서도
제 앞에 펼쳐진 길을 죄 먹어치우며 가지

주워 먹으며 간 길은 사라져 보이지 않고
그래서 도통
어디를 쏘다니는지 알 수가 없지

아침이면 새들이 어디서 돌아오는지
그리운 것들은 대체 어디서 죽어 가는지
알 수가 없지

새들은 땅에서 죽지

하루 한 번
새벽 가로를 쓸고 가는 젊은 미화원이나
정오쯤, 빠르게 다녀가는 젊은 집배원은

그들은 알겠지만, 침묵하지

비가 오면
나무처럼 푸르게 서 있는 침묵이 보이지

어제는 비가 오는 강둑길에서
제 길을 다 먹고 잠잠한 새를 보았지

작고 어린 새였는데
먹으며 가던 길이 동나도록 몰랐는지

수직으로 추락했겠지

오늘은, 바람 산들거리고
새털구름이 높이 뜬, 맑은 아침이었는데

길이 없는 새를
이제 더는, 다시 기다리지 않아도 되었지

먼지버섯

살아 있느냐

힘없이 구르던 공이 한 번 흔들 하더니 멈췄다

장맛비 지정거리는 수삼 일이 갔다

먼지버섯을 밟았다

전화를 받았다
웃음 먼지를 풀썩 쏟았다

쿨럭거리다, 눈시울 불그름히 노을빛 쏟아 놓는

화부였던 그가

악수를 꺼리던
주머니 없는 옷을 더 선호하던
둘 곳을 잃은 두 손이 언제나 안절부절못하던
무표정한 화구의 공감을 매일 만지던

사진 속에서 주뼛거리며 내미는 손에는
암만 털어도 주머니마다서 뼛가루가 묻어나왔다

그런 그가 맘껏
제대로 한 번, 풀썩 웃었다

비가 잠시 긋고 하늘빛 우련히 되살아나고 있던
그 잠깐 사이였다

해바라기 여행자

잠든 밤
잠 속으로 줄기차게 전화를 걸어대는 너

빗줄기 같은 너는

누군가 낮은 창문 모서리에 붙여 놓고 간
코딱지만 한 해바라기 스티커

바람이 나무를 흔들고 갈 때마다
후드득 쏟아지는 아아 그건 아주 먼 옛날

두 손으로 두 눈을 꼭 가리고
나무 아래 주저앉으며 우는 시늉을 짓는

반딧불이 같은 아이

그랬구나, 모르는 사이 가끔
그러나 더는 자라지 않는 해바라기

비가 한 차례 더 지나가는 동안에도
반딧불이 같은 비가 내리는 숲길을 가는

흐리게 떠 있는 길을 따라 걷다
어딘지 딛는 걸음마다 열없어 서걱거리는

잠깐씩 우두커니 서서 비 맞는 해바라기

누군가 저 비 내리는 숲을 건너가고 있다

해바라기만큼씩 잠이 넓어지고 있던
브루노 카탈라노의, 가방을 든 사람 하나

조용히, 너무 조용히

붉은 개울물이 조용히, 너무 조용히 흘러넘쳤다
제소리도 먹어 치우고 개울둑마저도 타넘을 것처럼 가
까워졌다

가슴팍에, 자잘한 꽃무늬 박인 러닝셔츠를 입은 조그만
아이가
꽃고무신 같은 계집애가
어깨끈 달린 포플린 치마를 입은 단발머리 아이가 우산
을 받고
개울둑에
제 무릎에 턱을 받치고, 작은 동그라미처럼 동그마니
앉아 있다

멀리로만 흐르던 개울이 가까워졌다

웃지 않는 아이가 눈 말똥거리며
물 불어나는 둑에 꽂은 작은 나뭇가지가 다 잠길 때까
지 개울을
두 손 잘방거리며 쓰다듬고 있다

낮은 구름 아래 풀꽃들이 숨을 죽였다

한 번 와지끈 개울을 뒤집던 공중제비에 붉은보라가 일
었다
몇 번을 첨벙이던 개울둑이 터지던 날 싸리꽃 한 포기
가 떠갔다

불끈 한 번 뒤집고는 하도 잠잠해
조용히, 너무 조용히 온 동네 이른 저녁들이 서둘러 문
을 닫았다

그런 뒤로는, 아무도 그 이야기를 입 밖으로 내는 사람
이 없었다
아주 오래전, 지루한 어느 해 장마 통이었다

똥똥한 물까마귀 씨네, 동네 이야기

나무에서 온 새들은
저녁이면 나무로 돌아갔다

그건 푸른 나뭇잎이 무성한 시절이었다

나무 물관의 푸른 종점들이
위에서부터 천천히 아래로 말라 내렸다

검은 가마우지들이
나무에서 수직으로 내려선 뒤의 일이다

까부라지고 있다

나무 아래로 내려선 새들은 어느새
새를 버리고 더 깊은 곳으로 떠났다

뿌리의 모든 예정은 철회되었다
싱싱한 이파리들이 빛나던 시절은 갔다

어디로도 떠날 수 없는
바람 빠진 새들만 원주민처럼 남았다

바람이 늘 조금씩 새는 뿌리의 예정은
풍선의 혈관처럼 부풀 줄밖엔 모른다

삼삼오오 모여 옹송그리던 새들은
새는 데를 못 찾아 맥없이 히죽거렸다

입 펌프질을 해대야 겨우 새 같다

바람이 더러 벽 귀퉁이를 허물고 가는
바람을 찾는 민들레 꽃씨 레이더 같은

1986년생 오 층 아파트

검버섯 핀 벽들이 누름하게 낡아가는
뚱뚱한 물까마귀 씨네, 동네의 이야기다

여름이 막 간다, 애!

길거리서 우는

쟤들은
한 번을 울어도 목메어 우는구나

갸륵하게 우는구나

저러니, 단박에
매미나 새들이 알아듣지

떼로 몰려다니는

저런 사랑
다시없을 거란 저런 사랑은 대체

매일 어디서 오고 어디로 숨는지

멈춰선 길에서 문득, 뒤돌아보면

어느새 수줍은 골목 안으로 숨어
보이지 않는

여름은 참 짧아, 그렇지?

시그널

살아 있다

매일 아침
텃밭에서 청양고추가 서너 개씩 새로 사라졌다
적당히 약오른 고추들로 골라서다

한 줄 쇠사슬에 그 역할을 통째로 맡긴 대문이
하루 한 번은 열리고 저녁이면 닫혔다
대체로 그렇다

휴일을 제외하고 하루 한 번 다녀가는
집배원 오토바이가 우편함 앞에 섰다 간 날엔
우편함이 빠르게 비워졌다

그 집에 누가 있다

살아 있다

나는 밤새 쓰던 편지 한 통을 마저 마무리하고

마당을 지나 쇠사슬 대문을 열고
마당 어둠을 쓸어 내고, 청양고추를 세 개 땄다

말라가던 고무나무 끝동을 잘라 심고 기다리다
죽었거니 하던 차에, 새로 나는 잎을 보았던 것
안 죽었다

누군가가 재빠르게 눈치를 챘다
방금
집 앞을 그냥 지나듯 청소차가 조용히 지나갔다

Oh, Summer Wine

우비 입은 미화원 둘을 꽁무니에 단 청소차가 지나갔다
길이 다시 한 번 정돈되었다

빗줄기 사이로 길을 건넌 고즈넉한 푸른 연기가
길 건너 학교 울타리 너머 숲 쪽으로 낮게 떠 사라졌다
푸른 새였는지도 모른다

며칠 새, 오랫동안 종적을 알 수 없던 사람들에게서
배롱나무꽃이 피고 있더라는 소식이 이어 들어왔다
여러 해 전 도화동산
삼척과 울진 사이 도계道界쯤에서였다
여러 군데를 돌고 온 소식들 중 하나였을 게 분명했다
처음 먹어 본 군소 독에 취해 어질거리던 여름이었다

다시, 새로 소식이 끊긴 사람들을 생각하기 시작했다
어느 것인지 알 수 없는
허공을 떠도는 자욱한 빗소리들이 공중에 밀려 서 있다
그저 잠깐씩 억지 알음으로 알던 사람들
분명 그들이 다녀갔을 손바닥을 아무리 뒤집어 보아도

당연하게 서로에 대해 잘 아는 것이 별로 없다

생각하지 않기로 했다

길 위의 낙서들은 그대로 남았다
하얗고 노란 실선이나 점선들, 길을 가로지른 사다리 선
누군가의 저의를 쉽게 짐작할 수 없는 어지러운 숫자들
그리고 마름모나 역삼각형 모양의 도형들, 대체로
남은 것들이란 공중화장실 문짝에 남겨질 배설의 흔적들

이해가 필요하지 않은 것들로 길 위가 붐비기 시작했다

"SUMMER WINE" 이 한 곡이 느리게 길을 건너가는 동안
누가 길 위의 멈춤에 골똘해 서 있다가 조용히 떠나갔다

그래

더러 어떤 날은
아침까지 상기되어 있던데

나는
저녁이면 하늘이 왜 홍조를 띠나 했다

하늘 향해 꼿꼿이 일어서는
나무들 때문이지

별빛 성성하던 숲이
달빛으로 환해지던 저녁

나나, 당신처럼

안개 도시의 안개 언어

오민석

문학평론가 • 단국대 교수

1

누가 뭐래도 유기택은 춘천의 시인이다. 그의 시선은 물에서 안개로, 안개 속으로 흐려지거나 사라지는 것들의 뒷모습을 향해 있다. 호반의 물안개가 피어오를 때 사물과 사람, 물과 산, 산과 하늘의 경계가 흐려지듯, 그는 세계를 구성하는 다양한 범주들이 지워지는 것을 응시한다. 사물들은 한순간도 멈추어 있지 않고 자신의 일부 혹은 전부를 지우면서 사라지거나 다른 것이 된다. 안개는 사물들의 그런 자기-이별을 가장 잘 보여주는 장치이다. 세계는 이미, 항상 안개로 뒤덮여 있으나 사람들이 그것을 보지 못할 뿐이다. 호반의 안개는 실물로 세계의 그런 속성을 설명한다. 그러므로 유기택에게 안개는 세계의 알레고리이다. 그가 오랜 시간에 걸쳐 춘천의 자연을 경험하고 그런 생각을 갖게 되었는지, 아니면 그 반대인지는 알수 없다. 경계가 흐려질 때 두 가지 일이 일어난다. 그 하나는 속성의 사라짐이고, 다른 하나는 속성의 확장이다. 사라짐과 확장은 동시에 일어난다. (죽은 은유이지만) 비둘기가 사라지면서 비둘기는 평화의 알레고리가 된다. 그때 사라짐은 정확히 말해 사라짐이 아니라 변용이자 확장이다. 세계는 사물들의 이런 운동으로 가득 차 있다. 심지어 죽음조차도 사라짐으로 끝나지 않는다. 죽음은 형태변용metamorphosis의 다른 이름이고, 모든 존재는 변용을 통해 다른 것으로 확장된다.

북쪽에서 지내던 새들이 바람에 불려 왔다

벌판을 건너며
새들은 종종, 농무濃霧 속에서 실종되었다

총살당했다

죽은 새들의 놋숟가락이 출토되곤 하는 그
안개 속에선 울음소리로 서로를 견인했다

초이나 타성바지들의 아리랑

종옷쪼배기 같은 잡담
옹송그리는 붉은 발들의 집단 역이주
카레이스키들의 귀향

새 떼에서 노 젓는 소리가 났다

강에다 씨 얼음을 뿌리고 돌아가며
고래고래 노래를 불렀다
— 「청둥오리들」 부분

"청둥오리들"의 움직임은 "카레이스키들의 귀향"과 겹
쳐진다. 그것들은 둘 다 실종되고, 총살당하고, "울음소리
로 서로를 견인"한 존재들이다. 그들은 자기-존재를 지
우고 죽이며 "안개 속"을 통해 고향으로 돌아간다. 안개
는 이들을 오직 "울음소리"로만 인지 가능한 존재로 만든
다. 안개는 개체의 여러 속성을 죽이고 하나의 속성만을
살림으로써 개체를 특화한다. 안개는 존재의 어떤 부분
을 흐리면서 다른 부분을 더욱 뚜렷하게 드러낸다. 안개
는 개체들의 경계를 무너뜨린다. "청둥오리들"과 "카레이
스키들"은 안개 속에서 동일한 존재가 된다. 이들이 강에
뿌리는 "씨 얼음"은 그들이 살아온 이야기이며, "씨"이므
로 (안개 속에서) 발아할 것이다. 시인은 이렇게 사라지는

것과 다시 태어나는 것과 이어지는 것들의 서사를 안개의
풍경 속에 쓴다.

　　마을이 사라졌다
　　밤사이, 마을에서 마을이 사라졌다

　　여기선

　　안개를 마시면 누구나 안개가 되지
　　그 안은 알아볼 수 없는 것들로 붐비지

　　안 보여

　　거울 뒷벽은
　　거울 뒷모습만 기억하지, 태연하지

　　우리에겐 안개만 보여

　　흐린 겨울을 들어내면
　　들어낸 자리만 희미하게 남아 있지

　　마른 얼룩처럼 생소한

정오를 좀 지난 사람들이 돌아오지

…(중략)…

돌아오고 싶은 것이다
세상을 떠나는 것은 아무것도 없지

기억하지 않지

겨울 안개 속으로 떠난 마을도
지금쯤은 그만 돌아오고 싶은 것이다
― 「겨울 안개 속에서」 부분

　여기에서도 드러나듯이 시인에게 안개는 사물을 지우
고 사라지게 만드는 장치이다. 안개가 대상을 지울 때 대
상의 내부는 의미론적으로 더욱 풍요로워진다. 그러므로
안개 때문에 사라지는 것들은 사실 사라지는 것이 아니
다. 그것들은 사라짐 대신에 "알아볼 수 없는 것들로 붐"
빈다. 경계와 윤곽을 지울 때, 사물은 무한 번창한다. 너무
넓어서 경계를 알 수 없게 된 상태를 시인은 짐짓 "사라
졌다"고 말하지만, 사라진 것은 (사라진 것이 아니라) 단
지 안 보일 뿐이다. 안개는 사물들을 지우고 그것만 보이

게 한다("안개만 보여"). 그것의 안은 모르는 혹은 알 수 없는 것들로 붐빈다. 그 안에서 시인은 사라진 것들의 복귀를 본다. 사라진 것들은 안개의 터널을 지난 후에 다시 돌아온다. 시인의 말대로 "세상을 떠나는 것은 아무것도 없"다. 안개 속에서 사라지는 것들은 실제로는 사라지지 않고 다른 것이 된다. 안개는 부재가 아니라 형태변용의 기제이다.

징검돌처럼 공중에 흐리게 떠 있는 다음 가로등 불빛 쪽으로, 차고 미세한 물의 촉감으로 분해된 사람이 안개에 섞이며 걸어가다 완전히 사라졌다.

사람들은 지상에서 물로 돌아간다. 앞서 사라진, 행적을 알 수 없던 사람들도 모두 안개 속으로 녹아든 것이 분명하였다.

겨울 안개 속에는 사람들이 섞여 있다.
— 「고양이」 부분

안개 도시에선 사람들도 수시로 "물의 촉감으로 분해"되고 "안개에 섞이며 걸어가다 완전히 사라"진다. 이런 상상력이 일상화되는 공간은 흔치 않다. 눈 뜨면 안개, 눈

감아도 안개, 겨울에도 봄에도 안개의 소문으로 무성한 공간에서나 이런 상상력이 가동된다. 안개는 "앞서 사라진, 행적을 알 수 없던 사람들"의 귀향지이다. 그들은 모두 "안개 속으로 녹아든 것이 분명"하다. 안개는 사라짐-형태변용-생성-되기의 무한한 방정식이다. 시인은 실물의 안개 속에서 안개의 언어로 이루어진 세계를 본다.

2

안개 도시는 비결정성, 비규정성, 액체의 공간이다. 안개는 고형화된 모든 것을 녹이고 지우고 다시 칠하고 없애고 다시 드러낸다. 그것은 결단의 언어를 망설임의 언어로 바꾸고, 확신의 언어를 의심하며, 분명한 진술을 모호한 언어로 바꾼다. 안개는 경계를 흐림으로써 경계를 넓히고, 규정성을 의심함으로써 잠재성을 강화한다.

산마루에
별 하나 낑낑 올리고 밤이 되는 동네

내 친구 관호는 자는지
소깡불 같은 사람들은 조는지

떡갈뙤기 사람들은

어둠이 놀랠깨 비 살무시 문 닫고 감감한지

'즈런, 마핸느무 고라니 거트니'

외마디 울음은 비탈을 돌아 어둠을 건너뛰는지

— 「수청골 한담閑談」 부분

안개의 언어는 밤의 언어와 유사하다. 안개가 사물을
지우듯, 어두움이 세계를 지운다. 밤의 세계는 안개의 세
계처럼 모든 것을 불분명, 잠재성, 추측의 상태로 바꾼다.
안개 속에서처럼 어둠 속에서도 분명하고 견고한 것은 없
다. 위 작품은 거의 매 행이 '~인지'의 질문형으로 끝난
다. 확실한 모든 것이 사라진 공간은 ~일 수도 있고 ~이
아닐 수도 있는, 언제든 가변성에 자신의 모든 것을 맡기
는 공간이다. 그것은 신비가 살아 있는 공간이고 무엇이
든 될 수 있는 공간이며 변형의 공간이고 생성의 공간이
다. "수청골"은 그런 아우라가 살아 있는 신화적 공간이
다. 시인은 사라진 신화의 세계를 '~인지'라는 안개 언어
로 호출한다. 신화는 백주 광명의 세계에서는 생존할 수
없다. 신화는 사막이 아닌 안개와 밤의 모호성 속에서 생
존하고 되살아나며 성장한다.

누군가 있다
나무 아래
조용히 자리를 뜨는 고양이 하나

모두 떠나고
흐린 달밤
새잎 나려고 그러는지 고요한지

아홉 목숨
속 달친 나무가 달을 마시는지

구름을 벗은 달이 오래 서 있다가
새벽길을 갔다

달 지는 밤 호각 신호
폐목재 더미에서 고양이가 울었다
한 번은 짧게 한 번은 길게

새잎이 나려고 저러는 건지
— 「달과 목련과 고양이」 부분

목련이 피는 달밤, 나무 아래에서 조용히 움직이는 고양이 한 마리로 이렇게 아름다운 풍경을 연출할 수 있는 것은 오로지 망설임의 언어, 비규정성의 언어, 잠재성의 언어밖에 없다. 시인은 단정 내리지 않고, 규정하지 않고, 세계를 최대한 가능성의 상태로 열어놓는다. "고요한지", "마시는지" "저러는 건지", 시인은 추측과 망설임과 가능성의 언어로 세계를 읽어낸다. 그리고 한밤의 이 모든 움직임을 "새잎이 나려고 그러는지" "새잎이 나려고 저러는 건지"라고 조용히 반복함으로써 그 망설임이 큰 울림을 갖도록 만든다. "달과 목련과 고양이"의 이 모든 알 수 없는 행위가 "새잎이 나려고 저러는 건지"라니, 최종적인 진술의 순간에도 시인은 답을 열어놓는다. 유기택은 이렇게 설명과 확답을 거부하는 안개의 언어로 세계를 反종결 혹은 非종결의 상태에 놔둔다. 누가 세계를 단정 짓는가. 고양이의 조용한 움직임이 새잎이 나려고 그러는 것이라고 누가 함부로 단정 짓는가. 세계는 그럴 수도 그렇지 않을 수도 있는 것들의 경계에서 잠재적 의미의 꽃을 피운다.

새나 그리운 것들은
풀밭에서도 하늘에서도
제 앞에 펼쳐진 길을 죄 먹어 치우며 가지

주워 먹으며 간 길은 사라져 보이지 않고
그래서 도통
어디를 쏘다니는지 알 수가 없지

아침이면 새들이 어디서 돌아오는지
그리운 것들은 대체 어디서 죽어 가는지
알 수가 없지
―「그리운 것들은 어디서 죽나」 부분

시인의 시선은 언제나 사라진 것, 보이지 않는 것, 알 수 없는 것을 향해 있다. "그리운 것들"이 어디에서나 "제 앞에 펼쳐진 길을 죄 먹어 치우며" 간다는 표현은 얼마나 새로운가. 길을 모두 먹어 치우며 가기 때문에 그 모든 길이 사라져 보이지 않게 된다는 논리는, 오로지 '사라짐'의 속성에 주목하는 자에게만 보인다. 이 시에서도 시인은 "돌아오는지" "죽어오는지" 식의 질문어를 사용함으로써 사태를 모호성의 안개에 밀어 넣는다. 시인의 언어에는 늘 무의식적 질문('누가 알랴?')이 깔려 있다.

3

 안개의 언어는 사라짐, 떠남, 보이지 않음, 알 수 없음의 의미소들을 가지고 있다. 이 시집의 전편에 이런 의미소들이 흩뿌려져 있다. 안개 속에서 사라지고, 떠나고, 보이지 않으며, 알 수 없는 것들은 생성과 무엇-되기의 신비 속에 있다. 안개 속에서 그것들은 잠재성의 최대치를 얻는다. 위에서 인용한 「달과 목련과 고양이」에서도 "모두 떠나고/ 흐린 달밤/ 새잎 나려고 그러는지 고요한지" 같은 대목이 그러하다. "모두 떠나고" "흐린" 공간은 새로운 무엇이 생성되는 공간이다. 그것은 신비의 공간이고 생명의 공간이며 원초신화protomyth의 공간이다. 안개는 도구적 이성이 만든 인위적 공간의 구획을 흐리고, 지우고, 무너뜨린다. 그것은 문명의 딱딱한 외피를 액체화하며 물의 속성으로 기화한다. 그 안에서 불필요한 담과 벽과 울타리들이 무너지고 사물들은 본래의 관계성과 잠재성을 회복한다. 안개는 이렇게 분명한 것, 환한 것, 뻔한 것, 정해진 것, 규정된 것들과 반대 방향에 있다.

 한 무리 사람들이 기차를 타러 떠났다

 도심으로 들어가는
 김유정역에서 남춘천역까지 한 역 지나 모두 내릴 것이었다

그다음 역인 춘천역은 종착역이므로 그냥 남겨 두기로 했다

어두워진 저녁이었다

유정국밥집 유리창에 남겨 두고 떠난 불빛은 아직 그대로다
덜컥 환했다

나는 남았다

환하다는 말이 왜 희망적이지 않은가에 대하여 골똘해졌다

기차가 떠났을 시간이었다

한꺼번에 몰려 떠난 사람들과
남았다 뿔뿔이 흩어진 사람들을 떠올리다
몰려 떠난 사람들 중 누군가도 다시 떠날 것을 알았다

사람들이 떠나는 창문마다 불빛이 새는 저녁
길 따라 즐비하게 늘어선 두멍 같은 빛의 무덤을 따라가다
도심 불빛 속으로 스며들고 말, 먼저 떠난 사람들을 생각했다

빛에서 빛으로 옮겨 다니는 사람들을 생각하다
비었다는 말과 환하다는 말이 왜 같은 말로 쓰이게 되었는지

더는 그런 것을 궁금해하지 않기로 했다

돌아가는 사람들이 마지막으로 환해서 걸어 나가는
종착역에 닿으면 누구나 저절로 알게 될 일이었지만, 다만
환한 곳들이, 조용한 나무처럼 서서 손을 흔드는 저녁이었다
　　─「환한 저녁」 전문

　　표제작인 이 작품에서도 사람들은 흩어지고 떠난다. 이
시에서 사람들은 "먼저 떠난 사람", "뿔뿔이 흩어진 사람"
"다시 떠날" 사람들로 나뉜다. 이들은 각각 다르지만 '떠
나고 사라짐'의 궤도 위에 있다는 점에서 동류의 인간들
이다. 그런데 이들이 떠나는 곳은 안개가 아니라 하나 같
이 '환한 곳'이고, 이들은 모두 "마지막으로 환해서 걸어
나가는/ 종착역"을 향해 있다. 이 시에서 '환한 곳'으로
가지 않고 남아 있는 사람은 오로지 화자인 "나"밖에 없
다. 그런 나는 "환하다는 말이 왜 희망적이지 않은가에 대
하여 골똘"히 생각한다. '환한 곳'은 안개의 반대쪽에 있
다. 그곳은 잠재성이 사라진 공간이고, 모든 것이 명쾌하
고 분명한 장소이며, 신비와 신화가 존재하지 않는 사막
이다. 화자는 그런 "빛에서 빛으로 옮겨 다니는 사람들을
생각하다/ 비었다는 말과 환하다는 말이 왜 같은 말로 쓰
이게 되었는지/ 더는 그런 궁금해하지 않기로 했다"로 말

한다. 그러나 그는 이미 이 말을 뱉었다. "궁금해하지 않기로 했다"는 말은 안개의 주체답게 이것조차도 질문의 대상으로 남겨놓겠다는 자기 결단이다. 안개의 주체에게 "환하다"의 상태는 더 이상 신비할 것이나 기대할 것이 하나도 없는 상태, 즉 "비었다"의 상태이다. 그리하여 "환한 저녁"은 공허하다. 이 시는 그런 저녁의 쓸쓸한 뒷모습을 보여준다.

꽃이 피는 동안

네가 웃는 동안

눈물 한 방울 굴러떨어지는 동안
하늘 환해지는 그동안

빗물 걷히는 동안

아무 일 없이
네가 웃는 동안
— 「금어기禁語期」 전문

"동안"은 '즈음'처럼 과정의 시간이고 비결정의 시간이다. '동안'은 여기에서 저기로, 이것에서 저것으로, 가거나 오거나 하는 시간이고, 무엇-되기의 시간이며, 아직 아무것도 결정된 것이 없으므로, 변용, 생성의 시간이다. 시인은 명쾌한 것, 환하게 밝은 것, 규정되고 결정된 것, 딱딱해서 바뀌지 않는 것을 좋아하지 않는다. '좋아하지 않는다'고 말했지만, 사실 이것은 시인의 취향이라기보다는 세계관이다. 시인이 볼 때, 세계는 규정할 수 없으며, 규정한다고 해서 규정되지 않는다. 세계는 한순간도 멈춰 있지 않으며 다른 어떤 것으로 끊임없이 변하고 있다. 세계는 항상 어떤 "동안"의 계기 속에 있다. 안개는 그런 '동안'과 '즈음'과 '과정'의 크로노토프chronotope이다. 이 시집은 '이미 앎'의 허위를 까발리고 '아직 모름'의 안개 속으로 걸어 들어간다. 거기에 호기심과 기대와 설렘과 생명의 언어가 있다. 🔲

달아실에서 펴낸 유기택의 시집

사는 게 다 시지(2021)

달아실시선 65

환한 저녁

1판 1쇄 발행	2023년 4월 29일
지은이	유기택
발행인	윤미소
발행처	(주)달아실출판사
책임편집	박제영
디자인	전부다
법률자문	김용진, 이종진
주소	강원도 춘천시 춘천로 257, 2층
전화	033-241-7661
팩스	033-241-7662
이메일	dalasilmoongo@naver.com
출판등록	2016년 12월 30일 제494호

ⓒ 유기택, 2023

ISBN : 979-11-91668-73-5 03810